Apprendre à lire avec
LES ALPHAS

Claude Huguenin

Qui a vu le lapin ?

Illustré par Thomas Tessier

RÉCRÉALIRE

RÉCRÉALiRE

Éditions Récréalire
541, route des Marais - 74410 Saint-Jorioz - France

www.editionsrecrealire.com

Texte et conception pédagogique : **Claude Huguenin**
Illustrations : **Thomas Tessier**
Édition : **Astrid Richard**
Conception graphique : **Anne Krawczyk**
Maquette : **Sophie Ballore**

Loi n° 49-956 du 16 juillet 1949 sur les publications destinées à la jeunesse.
ISBN : 9782366471168

Apprendre à lire avec LES ALPHAS

La collection **« Apprendre à lire avec LES ALPHAS »** est destinée aux enfants qui commencent à lire, généralement scolarisés en classe de CP. Elle propose trois niveaux de progression bien définis.

Début CP

Début CP

Les textes des histoires sont constitués de mots contenant des **correspondances simples**, c'est-à-dire :

un son (phonème) = une lettre, voire 2 fois la même lettre.

Ex. : **f** - **i** - **l** pour le mot *fil*,
ou **p** - **o** - **mm** - **(e)** pour le mot *pomme*.

Milieu CP

Milieu CP

Les textes sont constitués de mots contenant des correspondances simples et **quelques correspondances complexes** :

un son (phonème) = deux lettres.

Ex. : **f** - **ou** pour le mot *fou*,
et **m** - **a** - **m** - **an** pour le mot *maman*.

Fin CP

Fin CP

Les textes sont constitués de mots :

- contenant des correspondances simples et des **correspondances complexes** :
  un son (phonème) = deux ou trois lettres (les différentes manières les plus courantes d'orthographier un même son) :
  ex. : le son « **o** » écrit *o* dans *moto*, mais aussi ***au*** dans ***au**to* et ***eau*** dans *chap**eau***.

- présentant des **lettres qui changent de prononciation** selon le contexte :
  ex. : le *g* de *gare* / le **g** de ***g**irafe*,
  le *c* de *carton* / le **c** de ***c**itron*,
  le *s* de *savon* / le **s** de *va**s**e*.

La méthode de lecture LES ALPHAS

Mme Claude Huguenin, spécialisée dans l'apprentissage de la lecture avec de jeunes enfants, prend rapidement conscience des difficultés rencontrées par un grand nombre d'entre eux. Pour y remédier, elle a alors l'idée de créer **des personnages ayant la forme des lettres et une raison d'émettre leur « son »** (phonème) : par exemple, la **fusée** pour la lettre ***f***.

Puis, avec M. Olivier Dubois du Nilac, elle imagine un **conte fantastique intitulé *La Planète des Alphas*** dont ces petits personnages deviennent les héros. La **méthode de lecture LES ALPHAS** est née. Structurée et progressive, elle permet, depuis plus de 20 ans, à des dizaines de milliers d'enfants d'apprendre à lire.

Les Alphas, ces attachants petits personnages, deviennent les compagnons quotidiens des enfants tout au long de leur apprentissage, et leur permettent de **concrétiser considérablement le lien entre les « sons » (phonèmes) et les lettres de notre alphabet.**

Découvrez notre méthode de lecture en librairies, en grandes surfaces et sur notre site :
www.editionsrecrealire.com

LES ALPHAS • La méthode de lecture •

Comment utiliser ce livre ?

Les sons à connaître

Pour pouvoir lire ce livre, votre enfant doit être capable de lire le déterminant ***un*** et d'associer un « son » (phonème) à chacune des lettres suivantes :

a - i - o - u - y - e - é - ê - è - f - j
l - m - n - r - s - v - z - ch - b - c (cacao)
d - g (gare) - p - q/qu - t - h - x

Ainsi que les correspondances complexes :

ou - an - on - eu - in - oi

Les lettres en couleur

Lettres oranges :
attirent l'attention de l'enfant sur certains groupes de lettres permettant de représenter un son (ou - an - on - eu - in - oi).

Lettres vertes :
attirent l'attention de l'enfant et l'amènent à s'interroger sur la prononciation du e dans le mot à lire (« **é** » ou « **è** »).

Lettres grises :
Lettres muettes *-ent* (terminaison des verbes à la 3e personne du pluriel).

Théo est un peu inquiet.
Il doit à tout prix
le retrouver ! Nos amis
cherchent partout, *mais*
le lapin reste introuvable...

Le texte est écrit en **gros caractères bien espacés** pour faciliter la lecture et la compréhension.

Mots italiques violets :
mots que l'enfant n'est en principe pas capable de lire seul à ce stade de l'apprentissage et qui nécessitent l'aide de l'adulte.

Favoriser la compréhension

L'objectif principal de la lecture est **la compréhension du sens**. Il est cependant fréquent que l'enfant qui apprend à lire ait un peu de mal à accéder rapidement au sens des mots, l'activité de déchiffrage nécessitant une forte concentration.

- Pour vous assurer que l'enfant déchiffre vraiment les mots (et n'essaie pas de seulement les deviner), nous vous recommandons de **masquer l'illustration de la page de droite** à l'aide du rabat prévu à cet effet.
- Une fois le texte lu, **dévoilez l'illustration** : conçue pour éclairer immédiatement sur le sens du texte, elle permet à votre enfant de vérifier qu'il a bien compris le sens, tout en lui donnant confiance dans ses capacités de jeune lecteur. À chaque page, le fait de renouveler ce « jeu » de découverte est souvent une grande source de motivation pour l'enfant.
- Pour aller plus loin, à la fin de l'histoire, interrogez votre enfant sur ce qu'il a compris en vous appuyant sur les **questions des pages 30-31**.

Le choix du vocabulaire

- Les mots utilisés dans ce texte devant correspondre parfaitement aux « sons » (phonèmes) connus par l'enfant, il arrive que certains mots **ne fassent pas encore partie de son vocabulaire** (ex. : « il se **morfond** » au lieu de « **il s'ennuie** » car *ennuie* contient la correspondance complexe ***en*** qui n'est abordée que dans les ouvrages de niveau 3 « Fin de CP »).
- Outre qu'elle est au fondement même de la méthode LES ALPHAS, cette approche permet aux enfants de découvrir des mots nouveaux qui vont enrichir progressivement leur vocabulaire.

Quelques conseils...

- **Privilégiez la régularité sur la quantité** : pour devenir un bon lecteur, votre enfant doit automatiser la procédure de déchiffrage. Pour l'acquérir, le meilleur atout est la régularité : si vous constatez que votre enfant rencontre des difficultés, mieux vaut lui proposer de lire chaque jour une page (voire une seule phrase, selon son niveau) plutôt que de le pousser à lire beaucoup pour ensuite laisser passer du temps.
- Choisissez toujours des **livres adaptés à son niveau** et aux phonèmes qu'il sait lire. Si le déchiffrage est trop ardu, il risque de se décourager rapidement.
- Faites de la lecture un **moment de plaisir**, ne forcez jamais votre enfant à lire. Et ne renoncez pas, sous prétexte qu'il commence à savoir lire, à lui **raconter vous-même des histoires**.

Théo, un ami
de Petit Malin, a invité
quelques camarades
de classe. Il habite
dans une grande ferme.
Petit Malin, son amie
Noémie et le gulu
font partie des invités.

Théo est pressé de les voir.

Dès leur arrivée,

il les conduit à l'écurie.

Il veut leur montrer

son animal préféré :

un superbe cheval

qu'il monte tous les jours !

Puis nos amis passent

devant l'étable.

Ils ne s'y arrêtent pas

car les vaches

sont toutes dans le pré,

occupées à brouter.

Théo continue sa tournée.

Ils arrivent devant

les clapiers des lapins.

Noémie s'exclame :

– Comme ils sont jolis !

Elle a déjà repéré un petit

lapin tout blanc qu'elle

veut caresser.

Alors Théo ouvre le clapier
et le sort. Il le met
dans les bras de Noémie
qui est ravie.

Puis nos amis ont l'idée

de le mettre par terre.

Le lapin, affolé, part

en courant !

Ils le poursuivent.

Le lapin est plus rapide.

Il a déjà disparu !

Théo est un peu inquiet.

Il doit à tout prix

le retrouver ! Nos amis

cherchent partout, *mais*

le lapin reste introuvable...

Ils s'arrêtent, fatigués

par leur course effrénée.

Alors, Théo leur soumet

une idée :

— Que diriez-vous de voir

mes chatons ?

— Super ! répondent-ils

tous.

Ils partent *en* courant.

Le gulu ne les suit pas...

Comme il a repéré
un trou où le lapin doit
se trouver, il a un plan.
Il va arracher une carotte
dans le jardin. Il est sûr
que le lapin ne se méfiera
pas de lui, car les lapins
adorent les carottes !

À l'intérieur de la ferme,

les gamins découvrent

trois adorables chatons

qui dorment

dans un panier.

Alertés par les cris

de nos petits lurons,

les chatons ouvrent

les yeux.

Nos amis sont fous

de joie et jouent le restant

de la journée avec eux.

Tout à coup, Petit Malin

s'approche de Théo,

qui est resté à l'écart.

Il remarque :

— Bizarre, le gulu

a disparu, comme

ton lapin...

Au même instant, la porte s'ouvre : le gulu est là, la mine réjouie, car il serre le lapin dans ses bras.
Théo pousse un grand cri de joie : « Hourra ! »

J'ai bien compris l'histoire

Cette partie est à lire par les parents.

1 Où a lieu l'invitation ?

- ☐ Dans un centre équestre.
- ☐ À la ferme de Théo.
- ☐ Dans un zoo.

2 Pour quelle raison Théo est-il pressé d'accueillir ses amis ?

- ☐ Pour jouer à cache-cache.
- ☐ Pour offrir un lapin à Noémie.
- ☐ Pour leur présenter son cheval, son animal préféré.

3 Pour quelle raison Théo sort-il le lapin du clapier ?

- ☐ Pour aller le promener.
- ☐ Pour que Noémie puisse le caresser.
- ☐ Pour lui donner une carotte à manger.

J'ai bien compris l'histoire

Cette partie est à lire par les parents.

4 Pourquoi le lapin s'enfuit-il ?

- ☐ Il n'aime pas Noémie.
- ☐ Il veut jouer avec les enfants.
- ☐ Il prend peur lorsque les enfants le posent par terre.

5 Où s'est caché le lapin ?

- ☐ Dans un clapier.
- ☐ À l'intérieur de la ferme.
- ☐ Dans un trou.

6 Comment le gulu va-t-il faire pour récupérer le lapin ?

- ☐ Il va le caresser.
- ☐ Il va l'attirer avec une carotte.
- ☐ Il va lui donner un gâteau.

Achevé d'imprimer en France par ICA en septembre 2021.
Dans un souci de respect de l'environnement, ce document est imprimé sur un papier certifié.
Dépôt légal : juin 2021.

PEFC™ 10-31-1953